KB075414

봄비 한 주머니

봄비 한 주머니

유안진 시집

차 례

제 3 부

제 1 부

오늘은 언제인가

연꽃 피고 있는 돌에
웃음소리 들리는 돌에
온기 따스하게 묻어나는 돌에
아기스님들 자꾸 태어나는 돌에

경주 남쪽 금오산 절벽마다 기대어 서 계신 마애불상 품에
얼굴 파묻고 한없이 한없이 울고 싶은 오늘

이 무궁한 현재에서
오늘은 언제인가
나는 또 누구인가 무엇인가.

쇼스타코비치의 '맑은 강'을 들으며

산을 그리워하면
나도 세상도 어디서나 험준한 멧부리가 되어 가로막아 서고
물을 그리워하면
세상도 나도 맑은 강물이 되어 낮은 데로 흘러가
바다가 되고
마침내는 파아란 하늘도 닮아가는.

몇살입니까

금단의 과일을
따먹으라고 꾀이는
수많은 배암들이 우글거리는 동굴 속
제 몸뚱어리 속에서
가장 간교한 꽃뱀 한마리를 특별히 기르고 싶은
바로 그 나이예요.

자비로움

종일 헤매어
지친 애버러지
떨어져 시든 꽃잎 위에 엎드리니
내일 떨어질 꽃잎 하나가
보다 못해
미리 떨어져 이불 덮어주는
저녁답.

여자다움

소문에 시달리던
허위도 진실도
세월로 씻길 만치 씻기고 나면
회복되는 여자다움
마침내는 사람이구나 인간이구나
갓 빚어내신 바
하느님의 작품이구나.

오늘도 바빴다

콩꺼풀이 씌인 듯
눈 멀지 않고서는 사랑에 빠질 수 없듯이
잘못이 없고서는 사람일 수 없듯이
오늘도 바빴다
또 무슨 잘못만 만들어내느라고
알면서도 바빠야 했던
정신없는 비극이여
희극적 비극이여.

말하지 않은 말

말하고 나면 그만
속이 텅 비어버릴까봐
나 혼자만의 특수성이
보편성이 될까봐서
숭고하고 영원할 것이
순간적인 단맛으로 전락해버릴까봐서
거리마다 술집마다 아우성치는 삼사류로
오염될까봐서
'사랑한다' 참 뜨거운 이 한마디를
입에 담지 않는 거다
참고 참아서 씨앗으로 영글어
저 돌의 심장 부도 속에 고이 모셔져서
뜨거운 말씀의 사리가 되어라고.

가을 잎새

순결을 순결을
하늘에다 굳게굳게 맹세하고서도
찢긴 안팎 피멍자국……
상처를 지녀야 가을이 되나요
깊고도 높은 품격에 이르나요
광활한 새 세계가 열리어오나요
검붉게 싯누렇게 망그러지는
오늘 같은 그날이 바로 오늘인가요
가을날인가요.

까마귀의 저녁밥

상춧잎에 스치어도
칼에 베인 듯 피 흐르는
살기 등등하게 짙푸르른 여름날
이 살생적 젊음과 비린 풍요로움에도
세잔느적 인물이 되고 싶어
여위고 여윈 진실의 비애로
쓰디쓴 커피를 식혀 마시고 싶어
사노라 살찌운 허위를 뉘우쳐
장대빗발 긴긴 장마로 울어 울어서
이 원색의 세상 끝자락을 붙잡고
가장 원색적인 진실 딱 하나로 익어서
가을 하늘 빈 중턱에 매달려 기다렸다가
서리까마귀의 저녁밥이 되어주고 싶어.

두루미를 보다가

하늘에 사는 이가
잠깐 땅에 내려서는 것도
미안하게 여겨
외다리 맨발 한쪽만 딛고 서는
저 겸손과 염치 있음에
가슴 뜨끔해져
있는가 아직도 용서받을 여지가.

세한도 가는 길

서리 덮인 기러기 죽지로
그믐밤을 떠돌던 방황도
오십령 고개부터는
추사체로 뻗친 길이다
천명이 일러주는 歲寒行 그 길이다
누구의 눈물로도 녹지 않는 얼음장 길을
닳고 터진 알발로
뜨겁게 녹여 가라신다
매읍고도 아린 향기 자오록한 꽃진 흘려서
자욱자욱 붉게붉게 뒤따르게 하라신다.

만 행

　시영아파트 단지 내 녹슨 놀이터에서, 아이들의 쌈박질 시
끄러운 소리가, 문득 따라 부르고 싶은 동요 같아서, 멈춰 서
서 한참이나 지켜보게 되어라요

　더러는 와자지껄 시정의 악다구니가, 고승의 설법같이 깜
짝스러워요, 가슴 한복판으로 산골 개울물이 흐르는 듯이

　어느 때는 갑자기 사람들 소리 그 싫던 소음이, 헨델의 메
시아, 그중에서도 할렐루야 코러스와도 같아서, 까닭없이 하
루 내내 혼자 미소를 누리는 그런 때도 있어라요.

제 2 부

인기척도 삼가자

가아장 사랑할 때
가아장 외로울 때
가아장 슬기로워질 때에야
비로소 도달할 수 있는 최고의 형식
우리 침묵하자
더 뜨겁고 더 극진하고 더 눈물겨워지는
절대적인 말을 위하여
세치 혀를 버리자
신의 방식대로
우리 묵묵하자
인기척도 삼가자.

천 국

여기가 바로 천국이다
과천 현대미술관 앞산 골짜기
먹이 찾는 토끼 다람쥐…… 이름 모를 멧새들
바람 없어도 눈가루 터는 마른 갈대 마른 향기

나만 없어지면
여기가 천국이다

그러나 나는 세상이 더 좋다
나 있어서 땀내나는
나 있어서 용서가 필요한
이 세상이 더 좋다
해마다 새 기회로 설날이 찾아오는.

기러기 서릿길

헤매어온 인생에서 묻어나는 늦가을 냄새와
헤매임이 남아 있는 눈빛에 얼비치는 초겨울 빛깔로
만났다고 하랴
헤어졌다 하랴
헤매었던 곳곳의 은혜와 굴욕을 삭인 쉰 목청으로
저녁 바람이 불고
늦게 핀 들국화 이우는 떨기 앞에
목놓아 큰 울음도 바쳐봐야 한다
그런 다음 침묵으로 길을 묻는 無心
청년 예수도 젊은 싯다르타도
서릿길 이런 때 詩聖이 되셨으리.

전 율

누구한테 왜 당했을까
짓뭉개어진 하반신을 끌고
뜨건 아스팔트길을 건너는 지렁이 한마리
죽기보다 힘든 살아내는 고통이여
너로 하여
모든 삶은 얼마나 위대한가 엄숙한가.

낙엽이 낙엽에게

어느 構圖에서나
완벽한 예외이던 너, 그대도
찬란한 악센트이던 그, 저대도
눈부신 초점이고 싶었던 나, 이대도
....
마찬가지였구나

시뻘겋게
싯누렇게 물든 얼룩으로
거무죽죽
푸르딩딩 썩어 파인 자국으로
땅바닥에 엎드려 죄값을 기다리는
우리 모두는
결국 아무것도 아니었구나.

신경통

낙엽 좋은 가을 오후
가다 말고 되돌아오자니
무릎 정강이 뼛골 속에서
귀뚜라미가 울어쌓습니다

소리꾼 그이가
혼신 다해 불러젖히는 목메인 이별가

찔룩찔룩 걸음으로
얼쑤얼쑤 추임새를
나도 메겨 우웁니다.

사 람

'다 지으시고 마지막날 제6일에
사람을 지으시다'

그러므로 말째야
대자연의 6분의 1에 지나지 않으며
맨 끄트머리 말석이 네 자리야

물과 흙과 돌멩이…… 하루살이까지도
앞서 태어나신 형님들이시고

가장 마지막 끝날 끝순간에
말째로 지으신 바 사람아
가장 잔인하고 흉물스런 짐승아.

송 진

코끝에다
송진 한점 찍어바르고 싸질러다니면
어딜 가나 나도
향기롭고 늠름 꼿꼿한 소나무런 듯
눈물이여 피눈물이여
나의 너도 누군가에게
송진 송진 같기를.

겨울 밤비

따먹으면
흑장미 꽃잎만한 핏뎅이를 입에 문 채
고 자리서 깔딱 숨넘어간다는 독초의 열매 찾아
지석묘 杜鵑塚 공동묘지를
눗날 빗속 헤매는 도깨비불티 번쩍일 겨울밤 빗소리에
문득 목마른 自殺.

구미호

어렵사리 서럽사리 사노라 사랑하노라, 천년을 묵어도 아니 풀릴 원한으로, 꼬리가 아홉 달린 구미호라도 되어, 꽃피는 서낭고개 타고 앉아 캉캉 울었으면, 서리 치는 밤하늘을 피칠하며 새웠으면.

이런 날

'심중에 남아 있는 말 한마디는
끝끝내 마저 하지 못하였구나'

아랫입술 쥐어뜯어가며
돌아오고 마는 닭똥눈물 길에
이 멍텅구리야! 하고
가로수 늘어진 가지 한쌍이 대신 갈겨줬다
따귀 한대 멋드러지게

귀싸대기 휘어갈긴
무지개 쌍무지개.

누가 흑장미를 꽃피웠는가

그믐밤 그믐 시간만을 사는 까마귀는
간밤에
하느님도 오마조마하신 그 시간에
대체 무슨 짓을 했을까
초하루가 열리는 동트는 첫새벽
억울한 가시나무 더 억울한 가지가지마다
깜붉은 생간뎅이 간뎅이 뎅이뎅이……
이제부턴 까마귀여도 좋은
까마귀의 행복을
까마귀 혼자 안다
혼자만 알고 있어 더 행복한.

인사말

겨울 내내
버티며 견디며 배겨내면서
닫고 닫았다가
입은 꽁꽁 얼어붙었다

그래도 자비하신 우연으로
다시 마주치면은
'부우형'
한마디만 울게.

제 3 부

소 주

벗이여, 만날 때는 우리 소주로 만나자
시인 릴케는 친구 발레리를 맞이하기 위하여
초등학교 운동회날같이 만국기를 매달아 휘날리게 했다
지만
벗이여, 붉은 포도주잔 높이 부딪쳐가며
피 같은 맹세로 같이 젖고 싶다마는

우리 세잔느 그림 속 마른 인물이 되어
우리 같이 서로 편한 소주나 홀짝거리며
목줄기 뜨겁게 뎁혀보자꾸나
쓰거웁고도 들큼하게 사는 맛에 절어들며
더불어 껴안고 목메이고 말자 말자.

혼자 사발면 먹는 날

열매로 이삭으로
잘들 살이 찌고 영글고 익는 가을볕에
안 먹어도 덩달아 배불러야 옳을 텐데
자꾸만 허기지는 배고픔 시장기
다만 초라해져
혼자 먹는 사발면
3분만 5분만 참았던 눈물 쳐서
구석지 쪼그려 앉아 숨어 먹는 섧은 맛
초라해져 섧은 날은
혼자 사발면 먹는 날.

어깃장

마침내 준엄한 형벌의 계절입니다
판판이 삐뚤어지고 어긋나기만 하여
육두문자 질펀하던 삶도 사랑도
단칼에 동강난 듯
잔등에 불도장 찍힌 듯
깨어나지 못할 까무라침과 기절의
겨울이 오고야 말았습니다
대낮도 한밤중인 캄캄 밤의 계절에
신이여 저는 땅속 감옥으로 쫓기어 갇혀서
이루지 못할 꿈을 꾸었던 과거와
견딜 수 없어도 살 수밖에 도리없는 오늘과
별수없을 내일을 또 생각하겠습니다
더 뜨거운 눈물로 참회하기 위하여
봄이 오면 다시 지을 죄도 마련하겠습니다.

눈 쌓이는 밤

이 장엄하고 성스러운 백설의 천지에서는
내가, 나 같은 버러지가 감히 할 수 있는 일은 없다
다만 그저 동맥이나 썩둑 잘라
아아 외마디나 바쳐올릴 수밖에는
누구라도 그 누구일지라도
제 목숨 바치는 제사밖에는
그 영광의 제물로 自願하는 수밖에는.

봄비 한 주머니

320밀리리터짜리
피 한 봉다리 뽑아 줬다
모르는 누구한테 봄비가 되고 싶어서
그의 몸 구석구석 속속들이 헤돌아서
마른 데를 적시어 새살 돋기 바라면서

아냐 아냐
불현듯 생피 쏟고 싶은 自害衝動 내 파괴본능 탓에
멀쩡한 누군가가 오염될라
겁내면서 노리면서 몰라 모르면서
살고 싶어 눈물나는 올해도 4월
내가 할 수 있는 짓은 이 짓거리뿐이라서.

시 력

누깔사탕 예쁜 옷 색연필……같이
맛난 것 고운 것만 보이던 때를 지나서
편지와 우체통만 보이던 그런 때를 지나와
낙엽이나 응달같이 서럽고 아픈 것만 눈에 잘 띄더니

미당 어르신 말씀대로 마흔살부터였을까요? 산에는 산신
령, 물에는 용신, 낯선 마을에서도 서낭신이 보이고, 골목마
다 객귀 걸신이, 대문간에 문신이, 대청마루엔 성주신이, 안
방에는 삼신이, 부엌에는 조왕신이, 뒷간에는 측간신이 보이
기도 하네요.

안 보이던 아잇적에는 무섭기만 했던 이런 귀신들이
한이웃 한식구로 다정스러지니
멀지 않아 하늘의 신도 보이실까요
내 눈이 이리 점점 좋아지다니요.

문병 가서

밤비에 씻긴 눈에
새벽별로 뜨지 말고
천둥번개 울고 간 기슭에
산나리 꽃대궁으로 고개 숙여 피지도 말고

꽃도 별도 아닌 이대로가 좋아요

이 모양 초라한 대로 우리
이 세상에서 자주 만나요
앓는 것도 자랑거리 삼아
나이만큼씩 늙어가자요.

내 마음의 꽃

응달에 눈 안 녹아
고추바람 매운 고개
넘고 나면 하늘뜻도 절로 깨닫게 된다는
쉰고개 마루턱에
진달래는 마침내 참꽃으로 꽃피더라
더도 덜도 아닌
내 마음의 모양 빛깔로
울음 감춘 웃음같이
웃음 같은 울음같이.

아이로 돌아가서

벗고 벗으면 아이로 돌아가질까
누더기든 정장이든 어른의 옷을
아무것도 아닌 것에 곧잘 홀려서
막무가내로 쫓아가는 그 눈빛 하늘빛의
사람인 것이 진정 자랑스런
天性의 참사람으로
미운 일곱살이라 좋아라
아이로 돌아갔으면
제 손바닥 크기로 세상을 사는 아이로.

연꽃 팔만 송이

왔다 해인사에
불바다 속에서 피어난
연꽃 보러

八萬大藏經

참혹한 불행은 기록될 수 없다
다만 승화될 뿐이다
아름다웁게도 아름답게 꽃피어야 한다는
가야산 바람의 말씀
추녀 끝 풍경의 말씀
나무 울림 목탁의 말씀

얼마나 더 고통스러워야 하나요

4천만 아니 7천만 중에서
8만 송이 연꽃이
새로 피어날 때까지.

막새기와쪽
신라의 미소

미소가 법어였구나
신랏적에는
절반 너머 깨어져나간 막새기와쪽에
오히려 法語는 완전하고
웃음은 완벽하다
천년 신라를 천년씩이나 신라이게 했던
법어여
봄볕만치나 다사로우십니다
가을 바람같이나 서늘도 하십니다
눈부시지 않게 밝고 맑으십니다
고요로우십니다
아직도 처음같이.

공간 속에서

너무 많이 배워서
아는 것이 없어져버린 무식의 이 시대를
속도를 섬기며 단맛을 붙좇으며
시간으로 살아와서 탈진한 도시인도

산속에서는 일기를 쓰게 되고
바다에서는 편지를 쓰게 되는
제 자신이 될 수밖에 없지
저절로 가볍게 살고 싶어지지

'찬 구멍은 뱀구멍 더운 구멍은 쥐구멍'
이것밖엔 몰라도 잘만 늙어온
시골 노인이 되고 말지 공간 속에서는.

들꽃 언덕에서

들꽃 언덕에서 알았다
값비싼 화초는 사람이 키우고
값없는 들꽃은 하느님이 키우시는 것을

그래서 들꽃 향기는 하늘의 향기인 것을

그래서 하늘의 눈금과 땅의 눈금은
언제나 다르고 달라야 한다는 것도
들꽃 언덕에서 알았다.

아기별을 찾아서

　한 젊은이가 부처를 만나러 세상을 돌아다니다가, 중년에
이르러 노스님 한분을 만나 부처가 계신 곳을 물었다

　부처님은 시방 당신 집에서 당신을 기다리고 계시니, 당장
돌아가지 않으면 떠나버리실 거라는 스님의 말에, 그는 그
길로 수십년 만에 집으로 돌아오니, 늙어 꼬부랑할머니가 된
노모가 맨발로 달려나와 그를 얼싸안았다

　어머니의 품에 얼굴을 묻는 그는, 그토록 찾던 부처가 바
로 자신의 노모임을 깨닫게 되었다고

　구세주 아기神의 탄생을 알려주는 아기별도, 먼데서 찾지
말라, 나의 집 나의 이웃이 아기별이 뜨는 그곳이라고

　방배동 우리성당 趙도미니꼬 신부님의 미사강론이었다.

절대 스승

산으로 왔다
한편의 시도 장편소설처럼 읽고 싶어서
장편소설처럼 읽어줄
시 한편을 쓰다 죽고 싶어서
바다에 왔다

산은 산 이상으로 드높아지고
바다는 바다 이상으로 드넓어져서
거기 혼자 멍청히 서 있으면
시 한편에다 죽음을 바치고 싶은
몽매한 기도로 무릎 꺾이고 말아

깊은 불교 반듯한 유교 그윽한 도교와 정겨운 무속을
죄다 흡수해버리는 자연이여 궁극이여
세상에서 가장 풍요로운 것이 빈손이 되고
가장 오묘한 것도 빈손이 되는
단순화를 일러주시는 절대 스승이여.

제 4 부

용서받는 까닭은

보이지 않아도 존재하는 것이 있고
들리지 않아도 소리내는 것이 있다

땅바닥을 기는 쇠비름나물
매미를 꿈꾸는 땅속 굼벵이
작은 웅덩이도 우주로 알고 사는
물벼룩 장구벌레 소금쟁이…… 같은
이들이 떠받치는 이 지구 이 세상을

하늘은 오늘도 용서하신다
사람 아닌 이들이 살고 있어서.

귀뜨임

이제는 안다
웅장하게 달려오면 밀물 소리이고
처절하게 흐느끼면 떠나가는 썰물 소린 줄을
머얼리서도 안 보아도 알아버렸다
알아버려 서글프다
그지없이 서글픈
귀나이로 가고 있는가.

고드름

북빙양 눈덮인 초현실주의 작품세계로 가서
홀라당 알몸으로 뒹굴자 나뒹굴자
씻자 빨래하자 세탁하자

먹어 쌓인 때
마셔 절어든 얼룩이
괴어 썩는 신트림 내음

질투 불안 허세 의심 미움……
비벼 문질러서 씻느이다
마알간 고드름이 될 때까지.

이태원 시장

여기서는 사랑도 고매한 예술이 아니다, 바늘귀에 실 꿰어 질 듯 말 듯, 아슬아슬한 생활 자체이다, 고개 숙일 줄 아는 자존심이 생존해내는 질펀한 늪이다, 비극도 코미디로 중화 되고 마는, 오오 걸쩍한 삶의 쿠션이다.

소록도 수녀님들

방금 보았다 하느님들을
소록도에서 잠깐 오신 눈이 파아란 서양 할머니 수녀님들을
하느님들이 기다리시기 때문에 빨리 돌아가야 한다며
다음에 오거든 차를 마시자 하곤 종종걸음치는 등굽은 뒷
모습에
돌아서다 말고 홀연 깨달았다
나환우들을 하느님들로 섬기는 저 서양 할머니 수녀님들이
바로 하느님들이시라고.

마음 착해지는 날

살았던 곳들은
모두 다 고향들이었구나
괄시받은 곳일수록
많이 얻고 살았구나
행차 지나간 뒤에 나팔 부는 격이지만
갈지자로 세상을 살고 나서
불현듯 마음 착해지는 날은
울고 싶은 사람 뺨쳐주는 적선이라도 하고 싶다
그런 악역이라도 자청하고 싶어진다.

내 공부

옛 신선들은
동자들과 같이 논다
나도 아이하고 동무하고 싶어서
아동학을 배워왔다
아이들의 발달심리 아이들의 놀이이론……
그러다간 마침내 아이가 되고 싶다
신선이 되는 법을 보고 배우는 아이들을
거꾸로 스승삼아 배우는
신선들처럼.

성당 가는 길에서

인생을 너무 알아
슬프고 슬플 때마다
인생을 모르는 어린 신을 생각한다
나도 그이 또래의 아이가 되는 듯

시건방진 행동거지
복잡하기 짝이 없는 말과 생각까지
단순하고 투명하게
고분고분 곧이곧대로
시키는 대로 따라하는 새끼짐승 한마리

타박타박 걸어오며
돌부리도 걷어차며
'시냇물아 흘러흘러 어디로 가니?
강물 따라 가고 싶어 강으로 간다'
나 혼자서 묻고는
나 혼자서 대답했다.

홀 림

문득 너무 오래 사람이었구나
아장걸음 걸어오는 새벽 봄비에
미리 젖어 촉촉하게
사람 아닌 무엇이고 싶구나 오오랜만에

산짐승의 어린 새끼
외따로 눈을 뜨는 초목의 첫싹 같은
풋것이 약한 것이 고운 것이 되어서
난생처음 보는 사람 구경에
놀라 넋이 빠진 오줌싸개라도

여름 폭풍우 아니면 겨울 눈보라였던 과거에서
그 무슨 알에서 갓 깨어난
애버러지라도
그 눈망울 속 무한 숙맥이고 싶구나.

꽃붕어

몸이 갈 수 없는 데는
마음이 가주더이다

꽃잎은 물속으로 밤낮으로 몸 던지고
냇물 속 붕어는 꽃잎 따라 요동치는
서로 다른 세상에 살면서도
신의 방식대로 사랑하면 사랑을 하면
오묘라는 기적도 일어나주더이다
얼굴에 지느러미에
온몸 비늘에는 꽃문양 하롱하롱 아로새겨지더이다

마음에 자국져도 몸자국이 되더이다.

4월의 소리

밤잠을 설친다
밤이슬에 묻어서 따라 내리는
별무리 떼지어 오고 가는 발자국 소리
덧문을 치고 가는 바람결 타고 오는
촉 트고 움 돋고 새순 터지는 소리소리에

새벽잠도 설친다
아기鐘 꾸러미째로 마구 흔들어쌓는
개나리꽃 피는 소리 탓에
가래 끓어 밭은기침 연신 뱉어내는 소리 탓에
수유리 돌밭에서
잠든 돌들 깨어 일어나는 소리 탓에.

일기 4월 19일

4월 19일 흐린 토요일
40년 가깝도록 따지지 못했음
덮어 감춰진 숫제 잊혀진
비장된 포도주

낮술에도 밤술에도 못 취하는 남은 자의 죄값을 부채질하는
빛깔은 더 붉고 향기는 더 매워짐

얼마나 더 묵어야 마알간 추억의 백포도주가
1960년산 화이트가 될라는지
놓여질 수 있을라는지 가르쳐달라고 울부짖었음
4·19 오빠들한테.

4·19 지사 한 분

어디서건 찬밥 신세 개밥의 도토리
내세울 쥐뿔도 없이 밥만 축내고 세월만 때문히면서
목고개 빳빳이 치켜세우고 코방귀만 팽팽 거들먹거리다가
귀신 씨나락 까먹는 헛소리만 너불거리다가
여차하면 따귀도 한두 대쯤 갈겨 받고 머쓱해져
목덜미나 긁적거리다가
객쩍게 고마 씨익 웃어넘기고 마는
서러운 배포와 배짱의 천덕꾸러기를

나는 안다
느끼한 웃음 헤프게 웃을수록
선혈빛 아닌 웃음이 없었던 지사를
60년대 청년을
비 오는 저녁 거리에서 마주치고 싶다
그 우연 절호의 기회삼아
술로 하룻밤을 지새우고 싶다
뒤늦게야 후회하시는 하늘과 셋이서.

마 음

그릇아
세상을 담아낼 만치 커질 수도 있고
자살밖엔 도리없어 작을 수도 있는 마음아
눈꼴시어 못 보겠던 남의 인생도 내 것처럼
우는 이와 같이 울고 웃는 이와 같이 웃자
대문에 이마에 앞가슴에
'헌 나는 없어졌음'
이런 문패 하나 내걸고 싶어
빈 그릇처럼
나머지가 없는 찌꺼기도 없는.

제 5 부

원고지

순백의 제단 위에
말씀으로 절 지어 올리오리
지순의 맹세로 꽃비늘 쏟아붓고 싶었는데

그것 하나만은
먹자둣빛 긴긴 어둠속에서도
아라베스크 문양보다 찬란한 여우 불티였는데

원고지여
그대 희디흰 제단에
검버섯 무성한 모간지밖에는
바쳐올릴 제물이 없어요

붉은 비명 내지르는 동백 꽃비늘 대신
얼룩질 마지막 어룽무늬도
잘못 잘못이라는 상형문자밖에는요.

골다공중

객기를 부려도
호탕해지지 못하고
용서를 거듭해도 복수가 되지 않아
마음은 비울수록 차오르는 허망감
차라리 단단한 뼛속을 비워야지
숭숭 구멍 뚫린 골다공중
바람아
알아서 네 멋대로 피리 불어봐.

장 승

가다가는 우연히 마주쳤으면
시대를 묻지 않는 우리네 마음과
세월을 거슬러 살고 싶은 우리네 얼굴과
세상 너머 세상에도 살고 싶은 우리네 꿈과

사람으로 사는 감당 못할 무거움을
부려놓고 싶어지는 그런 때마다
너무 찬란하여 눈부시지 않게
너무 황홀하여 까무라치지 않게
너무 착해서 고통스럽지 않게

역사와 전통의 때깔 무늬를
제 살결로 차림한 우리네 본색 그 正體 만나
그 곁에 나란히 서서
나와 같은 누군가를 기다려주고 싶어.

액 땜

있어야 할 곳
놓여야 할 자리에서만이
제값 한다고 우겨대며
컵라면으로 끼니 때우듯
당분간 임시로 사글세 살듯
액땜하듯 허드렛일 하듯 살았나 분명
하룻밤을 자고 가도 만리성을 대신 쌓고
말 한마디에도 천냥빚도 갚아주며
그렇게는 왜 못 살았더란 말인고
이담에 제대로 살러 갈 그때에는
헌 눈〔目〕 기운 內臟이라도
생일떡 나누듯 주고 가야지
잘못한 벌로 액땜으로.

겨울 민박

자고 나니 낯선 마을은
홀연 득도 성불한 雪國
문득 겁나라
볼 것 못 볼 것 다 보아내며
때묻혀온 눈길로 눈곱낀 눈으로 핏발선 눈초리로
바라만 보아도 죄 될까봐 떨려라
하물며 교양 품위의 탈을 쓰고
세치 혀 밑에 도끼날을 감추고
겉치레 인사치레 사탕발림도 왜 아니했을 죄목까지
낱낱이 조목조목 문초받으러 홀로 생포된 듯
아찔한 불호령 등줄기 금방 내려칠 듯한데
워어어리이!
난데없는 이승의 이름
세상의 대명사를 부르는 쉰 목청 기인 울림
샛바람 소리내며 눈가루를 털고 간다
개똥밭에 굴러도 이승이 극락이라더니
오오 나는 아직도 개똥밭에 있구나.

고운 세살배기로

하루 앞서 설날을 연습하는 까치설날
색동옷 설빔 졸라서 미리 입어도
말 잘 들어 얻은 이름 고운 세살배기야
널도 뛰고 밤윷도 던져보고

'가자가자 감나무, 오자오자 옻나무, 십리절반 오리나무,
따끔따끔 가시나무, 대낮에도 밤나무, 양반동네 상나무, 깔
고앉자 구기자나무, 마당쓸어 싸리나무, 가다보니 가닥나무,
오다보니 오동나무, 방귀뽕뽕 뽕나무, 데끼이놈 대나무, 참
을인자 참나문가, 칼에 찔려 피나문가……'

보는 만큼 듣는 만큼 세상이 재미나는
아이로 돌아가 설날을 기다리며
까치설날 눈썹 셀라 잠 못 자는 세살짜리로.

변 명

의문조차 희열이던 젊음은 언제였나
이름으로 가득 찬 세상처럼 꿈으로 가득 찼던 가슴에는
무모하고 성급하여 저질러온
잘못 부끄러움 수치 후회막급…… 들로
어질러진 가랑잎 천지

수렁에서 나오느라 더 깊은 수렁으로 빠져들게 되듯
수치를 지우느라 더 큰 수치를 만들었으리
수치의 힘으로 살아온 셈이지

그러나 그러나 낯 뜨거운 수치가 팥밥처럼 섞여 있어야
젊음은 젊음다워지고 노년도 겸허로 터엉 비어질 듯
능금볼 소년도 은발의 신사로 우아해질 듯
암노루 울음도 산울림이 되고
갈매기 우짖음도 바다울음이 될 듯
역사가 역사다워지고 인생도 장엄한 인생이 되는 듯

때얼룩에 덧때가 묻어서 때깔에 윤이 나고
때결로 무늬가 어리워지듯

부끄러움이여
모름지기 밤이 대낮보다 어둠이 빛보다 소중한 것이다.

기 적

진실은 없었다
모든 게 진실이었으니까
좋음만도 아니었다 아름다움만도 아니었다 깨끗함만은
더욱 아니었다
아닌 것이 더 많아 알맞게 섞어지고 잘도 발효되어
향기는 높고 감칠맛도 제대로인 피와 살도 되었더라
친구여 연인이여
달고 쓰고 맵고 짜고 시고도 떫고 아린
우정도 사랑도 인생이라는 불모의 땅에 태어나준
꽃이여
서로의 축복이여
기적은 없었다 살아온 모두가 기적이었으니까.

여 유

발등에 떨어진 불을 끌 때도
장난같이 엉뚱한 수작으로
자기 코가 닷자나 빠졌는데도
석자 빠진 남의 코를 걱정하는 넝치러움
자기 일일수록
왜놈의 비라리하듯 처삼촌 묘 벌초하듯
허드렛일로 여기는 망망한 어지럼중
항상 제 자신을 네댓 걸음 물러서서 바라보는 허깨비의 그
림자 같아
도무지 억울함을 모르는 벌판 같은 마음씨
더러 웅덩이가 파이고 강줄기가 할퀴어도
그것이 바로 들판을 키운다는 배포
심지어는 한두 해 먼저 또는 늦게 죽어도 결국엔 마찬가지
라고 여기는
오오 차라리 신성한 전율감.

자 격

초가을 햇살웃음 잘 웃는 사람, 민들레 홀씨 바람 타듯이, 생활은 품앗이로 마지못해 이어져도, 날개옷을 훔치려 선녀를 기다리는 사람,

슬픔 익는 지붕마다 흥건한 달빛 표정으로 열이레 밤하늘을 닮은 사람, 모습 있는 모든 것은 사라지고 만다는 것을 알고, 그것들을 사랑하기에 너무 작은 자신을 슬퍼하는 사람,

모든 목숨은 아무리 하찮아도 제게 알맞은 이름과 사연을 지니게 마련인 줄 아는 사람, 세상사 모두는 순리 아닌 게 없다고 믿는 사람,

몇해 더 살아도 덜 살아도 결국에는 잃는 것 얻는 것에 별 차이 없는 줄을 아는 사람, 감동받지 못하는 시 한편도 희고 붉은 피톨 섞인 눈물로 쓰인 줄을 아는 사람,

커다란 것의 근원일수록 작다고 믿어 작은 것을 아끼는 사람, 인생에 대한 모든 질문도 해답도 자기 자신에게 던져서 받아내는 사람,

자유로워지려고 덜 가지려 애쓰는 사람, 맨살에서 늘 시골집 저녁 연기 내음이 나는 사람, 모름지기 이런 사람이야말로 연인삼을 만하다 할지어다.

세상 문

단추를 달려고 바늘에 실을 꿴다

　세상 문은 바늘귀같이 점점 좁아진다던 한숨과 탄식을 혐오해 마지않으면서, 풋잠 깨어 심통부리며 어머니의 바늘귀를 꿰어드리던 때는, 내 눈에는 바늘귀도 활짝 열린 대문 같았으니, 내게는 모든 세상 문이 다 그럴 거라고 믿어 마지않았는데,
　해마다 안경알을 바꿔도 어림짐작으로 바늘귀를 헛꿰면서, 숱한 세상 문 어느 것 하나라도 바늘귀 아닌 것이 없기는커녕, 바늘귀만큼이라도 확실히 뚫린 세상 문이 하나만이라도 있어주기를 빌어 마지않으면서

　손을 놓는다.

인간적인 신

가장 성스러운 신은 가장 인간적인 신이신가 부다.

하느님의 외아들 예수 그리스도는, 다말과 나합과 룻과 밧세바 같은 동족 또는 이방 민족의 흠 있는 女祖들의 손자이시니까.

다말은 야곱의 아들 중 유다의 맏자부로서, 남편이 죽자 당시 풍속대로 시동생과 결혼했으나 다시 과부가 되어, 셋이라는 막내 시동생과의 결혼을 기다렸다, 그러나 그녀의 시아버지 유다는 다말을 저주받은 여자라 하여 셋째아들 셋과의 결혼을 미루기만 했다, 다말은 창녀로 변장하여 여행길에 지친 시부를 유혹하여 베레스와 세라를 낳았다

여리고성의 기녀 나합은, 애굽에서 나오는 유태민족의 첩자를 숨겨 피신시켜주고 유태족의 점령을 도운 이방인이었다

모압 여인 룻도 남편 길욘이 죽자, 유태족인 시어머니 나오미를 따라서 모국을 떠나 낯선 땅 시어머니의 나라로 가서, 이삭줍기로써 시모를 극진히 봉양했다, 감동받은 시모 나오미는 한 꾀를 내어 보아스의 잠자리로 몰래 들어가서 그의 아내가 될 것을 권했고, 시모의 권유를 따라 룻은 보아스에게서 오벳을 나아 시모 품에 안겨주었으니, 훗날 다윗왕의

조부가 되었다

유부녀 밧세바는, 벌건 대낮에 왕궁에서 내려다보이는 강에서 목욕을 하다가, 다윗왕의 눈에 띄어 불려가 임신을 했고, 왕은 그의 남편 우리아를 최전선으로 보내어 전사시켰다, 그래서 합법적인 왕비가 되어 솔로몬을 낳았다

하느님의 독생자 예수의 가계에는 이들 女祖들이 있었던 그대로 등장한다, 그래서 동족이든 이방인이든 죄지은 사람이든 가리지 않고, 인간을 구원하실 가장 인간적인 신일 수가 있었을까.

흰 소

캄캄 겨울밤이 깊어갑니다
나도 별수없이 깊어 깊어갑니다
일만길 바다 깊이 겨울밤만큼 깊어진 밤에
마침내는 가아장 깊어져서
드디어는 새하얀 마음이 되어
잃어버려 못 찾는 흰 소를 그립니다
앙상한 관자놀이 높이 솟은 광대뼈
더 사랑한 죄값으로 이 겨울 석달 내내 연기 없는 굴뚝집
尋牛莊
영원한 외부로 활짝 열린 문밖에 선 한용운
흰 소였습니다
혼을 지키느라 굶어죽은 얼어죽은
만해 선사였습니다.

절대 종교

고아일 수 없는 아이들이 사는 고아원에 오면
간절코 간절타 핏덩이 딸 청이를 안고 다니던
심봉사의 젖동냥질이
가장 우리다웠던 바로 그 참 종교가
두 눈 딱 감아버려 세상을 안 보는
자존심보다 강한 어버이 됨의 밝은 눈이
우리가 되돌아가야 할
우리 종교 절대 종교가.

이름에서

정녕 있는가 나라는 나는
누구의 것인가 있다면 있다면

나를 대신하는 내 이름자는
내 것이 분명하나
실제로는 타인용인데

그래 세상에선 내 것이란 없지 아무 아무것도
어쩜 가장 내 것일수록 타인들 전용일 뿐

처음부터 내 것이란 없었던 게야
아니 '나'란 본래 없는지도 몰라.

가을만이 안다

제 슬픔의 키만큼 다 자란 풀밭에
비가 내린다
나도 따라 울었다
이 완벽한 和音의 길로
가을이 오고 있다
열꽃 앓는 시인이 불러줘서 봄이 왔듯이
시인이 울어야 가을이 오는 줄을
가을만이 알 뿐이다
가을에는 귀뚜리가 제일가는 시인이다.

順命과 抗命 사이

최 원 식

유안진 선생의 새 시집을 읽어나가면서 나는 새삼, 시인이란 내면에 다스릴 수 없는 동굴을 감춘 존재라는 생각이 절실해졌다. 교수로서 여류시인으로서 그리고 무실유씨 반가(班家)의 후예로서 단아한 풍모를 깔끔하게 견지하곤 하는 유선생의 외모와는 달리 그 시세계의 내면에는 다른 존재의 감각들이 독특하게 번뜩인다. 예컨대 이런 시를 보자.

> 금단의 과일을
> 따먹으라고 꾀이는
> 수많은 배암들이 우글거리는 동굴 속
> 제 몸뚱어리 속에서
> 가장 간교한 꽃뱀 한마리를 특별히 기르고 싶은
> 바로 그 나이예요
>
> ──「몇살입니까」전문

나이를 묻는 무례한 질문을 재치있게 모면하는 대답의 형식을 취하고 있는 이 시에서 시인은 안에 감초인 요염함을 약간은 해학

적으로 드러낸다. 고혹(蠱惑)을 연기하는 해학 속에는 한편 시간
의 풍화작용에 대한 예민한 자각이 숨쉬고 있는데, 일찍이 자하
(紫霞)도 어느 젊은 여성에게 이런 시를 바친 적이 있었다.

> 산뜻하게 그린 어여쁜 눈썹에 흰 모시적삼
> 속에 감초인 달콤한 말씀 제비처럼 소색이는데
> 아름다운 이여, 낭군의 나이를 묻지 마시라
> 오십년 전에는 스물셋이었다네

> 澹掃蛾眉白苧衫 訴衷情語燕呢喃
> 佳人莫問郞年幾 五十年前二十三

예속에 걸림없이 풍류로 일세를 울린 신위(申緯: 1769~1845)
의 나이 일흔셋, 변승애라는 여성의 정원(情願)을 사양하면서 그
녀에게 준 이 시는 우리 연애시의 백미의 하나다. 스스로 늙음에
대한 자조(自嘲)를 노래했다는 작의(作意)를 밝히고 있지만, 실제
의 작품은 의도를 뒤집는다. 자조를 넘어 시간에 순명하지 않는
에로스적 충동이 낙이불음(樂而不淫)의 절묘한 표현을 얻고 있기
때문이다.

유선생의 새 시집에 자하의 감각이 도처에 출몰한다. 물론 이전
에도 이런 유의 시가 없었던 것은 아니다. 가령 『누이』(1997)에 실
린 「명동에서」는 대표적인 것이다. "형씨!/불 한모금만//지나치
는 낯선 사내의 라이터라도 빌려/한모금 빨고 싶게 목마른/초로
의 아낙네도/옛 명동 아가씨." 한때 은성했던 청춘의 거리 명동,
그 길 위에 초로의 나이로 다시 서 잃어버린 시간을 반추하는 시
인은 문득 불량소녀의 포즈를 연출한다. 그럼에도 이 시의 불량기

는 어디까지나 발화(發話) 이전, 행동 이전 안타까운 상상에 지나지 않았다. 그런데 이 시집에는 에로스가 초자아의 억압으로부터 한걸음 방일하게 풀려났다. 비록 시라는 가상공간 안에서나마 발화가 의식적 무의식적으로 개입하는 자기검열로부터 훨씬 자유로워진 것이다. 때로는 도발적이기조차 하다. "준엄한 형벌의 계절" 겨울의 한복판에서 시인은 기도한다. "더 뜨거운 눈물로 참회하기 위하여/봄이 오면 다시 지을 죄도 마련하겠습니다."(「어깃장」) 시인의 내면에 비등하는 반란의 몸짓은 인간의 탈마저 거부하면서 요기(妖氣)까지 뿜어낸다.

어렵사리 서럽사리 사노라 사랑하노라, 천년을 묵어도 아니 풀릴 원한으로, 꼬리가 아홉 달린 구미호라도 되어, 꽃피는 서낭고개 타고 앉아 캉캉 울었으면, 서리 치는 밤하늘을 피칠하며 새웠으면.

———「구미호」 전문

이승과 저승의 경계, 아니 이승에 틈입한 저승을 암시하는 "꽃피는 서낭고개"가 강렬하게 환기하듯이, 그의 시는 마침내 타나토스의 충동 속에 귀기(鬼氣)로 반등한다. 이 시집에는 죽음의 이내가 곳곳에 자욱하다. "살고 싶어 눈물나는" 4월, 시인은 "불현듯 생피 쏟고 싶은 自害衝動"에 시달리며(「봄비 한 주머니」), "상춧잎에 스치어도/칼에 베인 듯 피 흐르는/살기 등등하게 짙푸르른 여름날"엔 "가을 하늘 빈 중턱에 매달"려 "서리까마귀의 저녁밥"으로 공양되기를 꿈꾸고(「까마귀의 저녁밥」), "이 장엄하고 성스러운 백설의 천지에서는" "다만 그저 동맥이나 썩둑 잘라" 자신을 제물로 바치는 끔찍한 희생을 자원하고(「눈 쌓이는 밤」), "놋날 빗

속 헤매는 도깨비불티 번쩍일 겨울밤 빗소리에"는 문득 자살에 목말라한다(「겨울 밤비」).

세속적 삶 안으로 사무치는 이 위기의 정체는 무엇인가? 거의 하이드씨 수준의 악마적 존재를 내면에 거느리고 있는 이 격렬한 영혼의 드라마는 어디에서 말미암는 것인가? 아마도 여성적 정체성의 분열에 대한 예민한 자각이 의식과 무의식, 양차원에서 발동한 탓일 터인데, 시인은 말한다. "한국여성! 우리는 누구인가? (…) 한국여성의 탐구는 곧 저 자신의 탐구이며, '청년기의 나는 누구인가?'라는 자아정체감 확립의 과제는 중년에는 자연스럽게 '우리는 누구인가?'로 (…) 재정립되어야 하는 발달과업 (…) 그들은 아직껏 다시 우는 새이며 노래하는 새는 되지 못했다."(장편 『다시 우는 새』〔1992〕의 머리말) 남성 중심적 한국사회에 적응하면서 일정한 사회적 성취를 이룬 시인은 그 순명과정에서 거세된 여성성을 강렬히 의식한다. 말하자면 이 시집에 임리(淋漓)한 내면의 반란 또는 남성의 시간에 대한 항명은 잃어버린 원초적 여성성에 대한 타는 듯한 향수의 폭발이 아닐까?

그렇다고 이 시집에 항명의 흔적만 즐비한 것은 아니다. 젊은 시절의 적응과정의 순명과는 차원이 다른, 시간과의 눈물겨운 화해를 도처에서 보여준다. 그것은 한편, 항명의 근본적 부질없음을 뼈저리게 의식한 시적 자아의 타협으로도 나타난다. 「여자다움」이 그런 예다. "소문에 시달리던/허위도 진실도/세월로 씻길 만치 씻기고 나면/회복되는 여자다움/마침내는 사람이구나 인간이구나/갓 빚어내신 바/하느님의 작품이구나." 하느님의 이름 안에 순치된 여성성은 「성당 가는 길」에서 비탄마저도 심미화하는 무심한 체념의 상태에 다다른다.

인생을 너무 알아
슬프고 슬플 때마다
인생을 모르는 어린 신을 생각한다
나도 그이 또래의 아이가 되는 듯

시건방진 행동거지
복잡하기 짝이 없는 말과 생각까지
단순하고 투명하게
고분고분 곧이곧대로
시키는 대로 따라하는 새끼짐승 한마리

타박타박 걸어오며
돌부리도 걷어차며
'시냇물아 흘러흘러 어디로 가니?
강물 따라 가고 싶어 강으로 간다'
나 혼자서 묻고는
나 혼자서 대답했다.

"인생을 모르는 어린 신"에게 자신의 들끓는 여성성을 반납함으로써 얻어진 이 백치의 아름다움은 기이하게도 읽는이의 마음을 싸하게 자극한다. 종교적 단순성에 봉헌된 이 투명한 찬미가에서 우리는 왜 그 바깥을 엿보게 되는 걸까? "종교적 고통은, 현실적 고통의 표현이자, 동시에 현실적 고통에 대한 항의다. 종교는 억압받은 피조물의 한숨이며, 무정한 세계의 마음이며, 영혼을 잃어버린 상태의 영혼이다. 그것은 인민의 아편이다."(칼 맑스 『헤겔 법철학비판 서문』) 맑스의 종교 아편론은 공자처럼 지나친 현세

또는 인간중심주의가 문제이긴 해도 결코 무식한 종교부정론이
아닌데, 이 시를 찬찬히 음미하노라면 표면적인 종교성 밖으로 비
어져나오는 인간적 고통의 숨은 숨결을 감득하게 된다. '앨쓴' 평
형이 우리를 더욱 슬프게 한다. 그런데 시인도 이 점을 의식하고
있다. 동요의 용사(用事)가 암시하듯이, 어린 신의 단순성에 무한
히 접근하고자 하는 시적 자아의 염원에도 불구하고 그 어조에는
아이러니의 흔적이 미묘하게 묻어난다는 점에 주목할 일이다.

　아무래도 나는, 종교적 초월의 유혹을 견디면서 세속도시 안의
시간과 힘겨운 화해에 이르는「문병 가서」같은 시들을 더 좋아한
다.

　　밤비에 씻긴 눈에
　　새벽별로 뜨지 말고
　　천둥번개 울고 간 기슭에
　　산나리 꽃대궁으로 고개 숙여 피지도 말고

　　꽃도 별도 아닌 이대로가 좋아요

　　이 모양 초라한 대로 우리
　　이 세상에서 자주 만나요
　　앓는 것도 자랑거리 삼아
　　나이만큼씩 늙어가자요.

　'새벽별'의 상향적 반짝임도 아니고, 고개 숙인 '산나리'의 하
향적 웅숭그림도 아닌, 수직적 위계에서 탈구할 때 비로소 시야에
들어오는 모든 목숨 받은 것들의 수평적 연대의 세상, 시간의 풍

화작용에 순명하되 그 시간들의 계단 안에서 각각의 몫을 겸허히
포용함으로써 중생의 시간을 궁그는 이 눈부신 평범함! 여기에는
또다른 종교적 아우라가 서려 있다. 「자비로움」을 보자.

　　종일 헤매어
　　지친 애버러지
　　떨어져 시든 꽃잎 위에 엎드리니
　　내일 떨어질 꽃잎 하나가
　　보다 못해
　　미리 떨어져 이불 덮어주는
　　저녁답.

　이 시는 선승들의 서릿발 같은 게송(偈頌)들과는 차원이 다른,
불보살의 지극한 연민이 낳은 최고의 게송이다. 숙세의 연기(緣
起), 그 사슬에 매여 생로병사의 윤회를 거듭하는 유정(有情)들의
세계, 그 가여운 맹목적인 삶의 충동을 안쓰럽게 감싸안는 시인의
눈은 얼마나 섬세하게 따듯한가? 시인의 마음은 근본적으로 보살
의 마음일 것이다.
　이 성숙한 순명의 세계로의 진입은 윗시에서 암시되듯이 탈인
간중심주의와 긴밀히 엇물리거니와, 실제로 이 시집에는 인간주
의에 대한 비판이 도처에 묻어 있다. 시인은 사람을 하느님이 마
지막 날 지으신 "가장 잔인하고 흉물스런 짐승"이라고 자조하면
서(「사람」), "사람으로 사는 감당 못할 무거움을／부려놓고 싶어지
는 그런 때"(「장승」)들에 맞닥뜨려, "문득 너무 오래 사람이었구나
／(…)／사람 아닌 무엇이고 싶구나 오오랜만에"(「홀림」)라고 탄식
한다. 인간의 시간에 대한 이 지독한 혐오 속에서 시인은 미물들

94

의 경이로운 세상을 발견하곤 그 정겨운 처소에 경건히 배례한다. "땅바닥을 기는 쇠비름나물/매미를 꿈꾸는 땅속 굼벵이/작은 웅덩이도 우주로 알고 사는/물벼룩 장구벌레 소금쟁이…… 같은/이들이 떠받치는 이 지구 이 세상을∥하늘은 오늘도 용서하신다/사람 아닌 이들이 살고 있어서."(「용서받는 까닭은」) 인간의 시간이 보이는 흉포한 파괴성과 날카롭게 대비되는 미물들이 그려내는 이 빛나는 생명의 고리! 이들의 단순한 생존 자체가 그대로 최고의 종교적 경건이라는 깨달음이 일종의 범신론적 직관 속에 포착되고 있는 것이다.

그렇다고 시인이 범신론에 그대로 투항하는 것은 아니다. 사람과 사람 아닌 무엇이 맺고 있는 거대한 고리에 대해 사유하는 것이 아무리 중차대한 일이라 할지라도, 금생(今生)에서 사람은 또한 사람 아닌 다른 무엇이 될 수는 없는 노릇이다. 사람에게는 사람의 길이 있는 것이다. 바로 이 교차점에서 「세한도 가는 길」이 태어난다.

> 서리 덮인 기러기 죽지로
> 그믐밤을 떠돌던 방황도
> 오십령 고개부터는
> 추사체로 뻗친 길이다
> 천명이 일러주는 歲寒行 그 길이다
> 누구의 눈물로도 녹지 않는 얼음장 길을
> 닳고 터진 알발로
> 뜨겁게 녹여 가라신다
> 매웁고도 아린 향기 자오록한 꽃진 흘려서
> 자욱자욱 붉게붉게 뒤따르게 하신다.

시인은 추사(秋史)의 「세한도(歲寒圖)」를 골똘히 사유한다. 김정희(金正喜: 1786~1856)의 「세한도」는 그의 나이 59세 때, 유배지 제주에서 당시 연경(燕京)에 유학하고 있던 제자 이상적(李尙迪)에게 그려보낸 작품이다. 자제(自題)에 의하건대, 실세한 스승에게 변함없는 정의(情誼)를 표하는 제자의 기특함을 "절후가 차가워진 연후에야 소나무와 측백나무가 늦게 시듦을 안다"(歲寒然後 知松柏之後凋)는 『논어』「자한편(子罕篇)」의 구절에 빗대 기린 것이다. 이것만 보고 진부한 도덕적 설교를 담은 그림으로 예단하면 어림없는 짓이다. 척박한 땅 위에 상자갑 같은 집이 한채, 그 주위에 꼭 벼락맞은 듯 에구부러진 줄기 하나를 거느리고 있는 노송 한 그루와 앙상하게 메마른 소나무 세 그루가 올연히 서 있는 구도의 이 그림은 보는이로 하여금 옷깃을 여미게 할 만큼 성성적적(醒醒寂寂)하다. 사실 이런 구도가 추사의 독창은 아니다. 화집을 들춰보면 중국이나 한국에 이런 유의 그림이 적지 않았음을 알 수 있다. 추사는 옛 구도를 끌어 환골탈태의 마술을 연출했다. 특히 「세한도」의 오두막에 사람의 기척이 사라진 점에 유의해야 한다. 서재의 동그란 사창(紗窓)에 턱을 괴고 바깥의 풍경을 완상하는 고사(高士)를 배치하곤 했던 관습적 구도에서 일탈한 것인데, 비어 있는 오두막이 전해주는 기이한 정적감은 마치 빈집의 산수화로 찌르는 듯한 비애의 염세적 기분을 표현한 원(元)의 4대가 예찬(倪瓚)을 연상시키기도 한다. 그런데 「세한도」의 빈 오두막에는 예찬의 페씨미즘에 보이는 감상(感傷)의 편린도 없다. 자세히 보면 그 오두막이 영혼을 지닌 사람 같다. 메마른 땅 위에 약간은 불편한 자세로 버티고 자리잡은 오두막에서 오기마저 느껴진다. 그렇다. 「세한도」를 구성하는 세 요소 즉 메마른 대지, 빈 오두막, 그리고 네 그루의 소나무들은 엄혹한 겨울의 시대를 건너 내는 지식인의 올연한 마음의 기호들인 것이다. 식민지의 캄캄한 어둠속에서 "시름은 바람도 일지 않는 고요에 심히 흔들리우노니 오오 견디련다 차고 올연히 슬픔도 꿈도 없이 장수산 속 겨울 한 밤내"(「장수산 1」)라고 신음했던 정지용은 19세기의 어둠과 직면 했던 추사의 「세한도」의 본질을 꿰뚫어봤던가?

유안진 시인도 정지용의 뒤를 이어 「세한도」 속으로 걸어들어 간다. 그럼에도 현실의 외나무다리 건너에 있는 「세한도」의 절대 적 공간 안에 성공적으로 도착한 지용과는 일정하게 차별된다. 유 안진 시인은 세속적 유혹자의 길도 아니고 종교적 초절(超絶)도, 범신론적 투항도 아닌, 순명과 항명 사이로 난 가파른 내재적 초 월의 길, 즉 자욱자욱 고통의 흔적이 임리한 도상(途上)에 있기 때 문이다. 나는 시인이 가능한 한 이 도정의 오랜 나그네이기를 바라 란다. 아니 메마른 출세간(出世間)의 도정 끝에 출출세간(出出世 間)하기를, 순명과 항명 사이의 긴장을 견디는 환속의 길에 오르 기를 기대한다.

여성적 정체성의 위기에서 촉발된 내면의 격렬한 드라마, 또는 구원을 향한 찢겨진 구도(求道)의 자욱들을 치열한 정직성으로 드러낸 이 시집에 생활이 부족한 것도 아마 이 출세간의 유혹에 강박된 탓이 아닐까? 나는 생활과 시가 만만치 않은 솜씨로 아물 린 「세상 문」 같은 작품도 좋아한다. 침침한 눈으로 바늘귀를 꿰 면서 삶에 대한 예리하지만 따뜻한 통찰을 보여준 이 작품에는 「골다공증」처럼 해학도 살아 있다. 이 점은 가령 4월혁명에 바쳐 진 일군의 시들이 보여주듯이 사회성의 자각이 여성적 정체성을 다룬 작품들에 비해 어쩐지 겉돈다는 인상을 주는 것과도 연관될 터이다. 여성성과 사회성, 각기의 독자성을 존중하되 어느 절묘한

접점, 예컨대 생활의 문맥 속에서 다시 파악해 들어감으로써 예술성까지 함께 구원하는 경지를 등단 35년의 대선배로되 여전히 신인의 방황을 마다하지 않는 유안진 선생에게 요구해도 전혀 무리가 아닐 것이라는 좋은 예감을 가진다.

　유안진 선생을 만난 일은 만년의 한무숙 선생을 뵙게 된 것만큼 나의 큰 기쁨이다. 경북 양반문화에 대한 몸에 밴 이해와 여성의 시각이 가지는 비판이 알맞춤의 균형을 이루었으니, 유선생은 내게 그 최고의 안내자다. 모쪼록 이 무진장한 이야기의 세계도 유선생의 시를 통해 따듯한 빛을 받기를 희망한다. 환반(宦班)문화가 아니라 양반문화의 고갱이에 대한 비판적 섭수는 우리 시대의 민중문화가 진정한 주류성을 획득하기 위한 창조적 태반의 하나이기 때문이다.

시인의 말

오기나 욕심 같아서는 이 한편을 쓰기 위해 태어났다고 할 만한 시를, 쓰고 나선 죽어도 좋다 싶은 시 한편을, 다시 더 쓸 필요가 없어 절필하게 되는 시 한편을 써보고 죽고 싶었습니다마는.

죽을 때도 그 한편을 외우면서 행복하게 죽게 되는 그런 시를, 죽은 이도 일으키는 밀교의 주문 같은 시를, 독초의 꽃같이 눈길만 마주쳐도 기절하게 되는 시를, 한번 읽고 나면 인생이 바뀌지는 시를, 쓰고 나서도 읽고 나서도 잠 못 들게 하는 시 한편을 써보고 싶었습니다마는.

사랑과 화평과 정의 자체이신 신을 뜨거운 눈물로 체험시켜주는 시를 써보고 싶었습니다마는.

소원과 실제는 갈수록 어긋나기만 하여, 소원은 언제나 소원으로 끝나고 말아, 비재박덕한 저로서는 시인이라는 이름만을 무겁게 짐지고 헐떡이는 불운과 불행과 형벌을 곱씹을 뿐입니다.

그저 다만 시인이기를 작파해버리지는 않을 만치라도, 정성을 더 바치면 한결 나아지리라는 소망을 갖게 해주는 시를 쓰고 싶을 뿐입니다.

제가 쓰는 시로 하여 눈물방울만치라도 저 사는 세상이 맑아지고 밝아지고 따스해지겠습니까마는 그래도 바라고 바라면서 쓰고 싶습니다.

그러고 싶어서 저 스스로를 뼈가 녹아지는 어디론가 유배 보내

99

고 싶고, 유배살이 하듯 살고 싶어지기도 합니다. 추사 선생의 세
한도 한폭 같은 시 한편이 태어나주도록, 그런 소망으로 정배당하
고 싶을 뿐입니다.

　어려운 여건에도 이 시집을 만들어주신 창작과비평사 여러분
께, 특히 해설을 써주신 최원식 주간님과 편집 및 교정에 수고해
주신 고형렬 시인께 두루 감사드립니다.

2000년 초봄

유 안 진

창비시선 195

봄비 한 주머니

초판 1쇄 발행 / 2000년 4월 1일
초판 9쇄 발행 / 2021년 4월 28일

지은이 / 유안진
펴낸이 / 강일우
편집 / 고형렬 김성은 공병훈 염종선
펴낸곳 / (주)창비
등록 / 1986년 8월 5일 제85호
주소 / 10881 경기도 파주시 회동길 184
전화 / 031-955-3333
팩시밀리 / 영업 031-955-3399 편집 031-955-3400
홈페이지 / www.changbi.com
전자우편 / lit@changbi.com

ⓒ 유안진 2000
ISBN 978-89-364-2195-3 03810